한 달 전, **아기 고양이**들이 태어났어요.

얌전한 루비, 먹보 루안, 게으른 루크,

그리고 **용감한 루치.**

용감한 고양이 루치가 이 이야기의 주인공이에요.

La semana del gato valiente (The brave cat's week)

© A-Z Editora S.A., Buenos Aires, Argentina. www.az.com.ar

© Istvansch

Author's Name : Istvansch

Series Names : Istvansch

Korean language edition © 2014 by Mentor Press.

Korean translation rights arranged with A-Z Editora S.A., Buenos Aires, Argentina and EntersKorea Co., Ltd., Seoul, Korea.

이 책의 한국어판 저작권은 (주)엔터스코리아(EntersKorea co. Ltd)를 통한 저작권자와의 독점 계약으로 (주)멘토르출판사가 소유합니다. 신저작권법에 의하여 한국 내에서 보호를 받는 저작물이므로 무단전재와 무단복제를 금합니다.

용감한 고양이의 하루

1판 1쇄 2014년 2월 24일

지은이 이스반스취

펴낸이 정연금   펴낸곳 멘토르

책임편집 이수정   기획 김미숙, 강지예, 조원선, 이동근

마케팅 나길훈   경영지원 우은지

등록 2004년 12월 30일 제302-2004-00081 호

주소 서울시 마포구 동교동 198-5 신흥빌딩 3층

전화 02-706-0911   팩스 02-706-0913

홈페이지 www.yellowpub.co.kr

ISBN 978-89-6305-673-9 (17870)

※ 노란우산은 (주)멘토르출판사의 아동도서 및 자녀교육서 전문 브랜드입니다.

※ 책값은 뒤표지에 있습니다.

※ 잘못 만들어진 책은 구입하신 곳에서 교환해 드립니다.

노란우산 그림책 25

용감한 고양이의 하루

이스반스취 글·그림

아침이 밝았어요.

고양이 가족은 아직 잠을 자고 있어요.

용감한 루치만 일찍 일어났지요.

심심해진 루치는 혼자 '**거실**'이라는 곳을

탐험하기로 했어요.

높은 곳에 올라 거실을 둘러보아요.

앞에는 탁자와 의자, 책장이 보여요.

왼쪽에는 우산 꽂이가 있고, 오른쪽에는 소파와 스탠드가 있어요.

뒤에는 무엇이 있을까요?

앗, 처음 보는 고양이예요!

깜짝 놀란 루치는

"**야옹!**" 하고 소리를 질렀어요.

루치는 안전한 곳에 숨었어요.
'휴, 큰일 날 뻔했어. 나는 용감한 고양이지만
그렇게 무서운 고양이는 처음 봤어.'

한 시간이 지나고,
루치는 탁자 아래에서 빠져나와
엄마 고양이 품으로 돌아갔어요.

아침밥 먹을 시간이에요.

고양이 가족은 모여서 우유를 나눠 마셔요.

루치가 가장 빨리 먹었어요.

심심해진 루치는 혼자 '**부엌**'이라는 곳을

탐험하기로 했어요.

높은 곳에 올라 부엌을 둘러보아요.

앞에는 싱크대와 가스레인지가 보여요.

왼쪽에는 식탁이 있고, 오른쪽에는 냉장고가 있어요.

뒤에는 무엇이 있을까요?

앗, 괴물이에요!

용감한 루치가 괴물을 쫓아요.

이리 뛰고 저리 뛰다가 그만 **와르르르**.

난장판이 된 부엌을 보고 주인아주머니가 비명을 질렀어요.

루치는 안전한 곳에 숨었어요.

'휴, 큰일 날 뻔했어. 나는 용감한 고양이지만

그 괴물은 깜짝 놀랄 만큼 빠르던걸.'

삼십 분이 지나고,

루치는 식탁 아래에서 빠져나와

엄마 고양이 품으로 돌아갔어요.

점심시간이에요.

고양이 가족은 다 같이 점심을 먹어요.

루치도 맛있게 점심밥을 먹었어요.

배부른 루치는 이번에는 '**안방**'이라는 곳을

탐험하기로 했어요.

높은 곳에 올라 안방을 둘러보아요.

앞에는 침대와 그림이 보여요.

왼쪽에는 옷장이 있고, 오른쪽에는 화장대가 있어요.

뒤에는 무엇이 있을까요?

앗, 이상한 구멍이에요!

요리조리 살펴보다가 손톱으로 콕 찔러 봤어요.

"아얏! 아파!"

루치는 안전한 곳에 숨었어요.

'휴, 큰일 날 뻔했어. 나는 용감한 고양이지만

온몸이 찌릿찌릿해서 깜짝 놀랐어.'

십오 분이 지나고,

루치는 침대 밑에서 빠져나와

엄마 고양이 품으로 돌아갔어요.

낮잠 잘 시간이에요.

고양이 가족은 기분 좋게 낮잠을 자고 있어요.

루치만 말똥말똥 깨어 있지요.

심심해진 루치는 처음으로 **'화장실'**이라는 곳을

탐험하기로 했어요.

높은 곳에 올라 화장실을 둘러보아요.

앞에는 세면대와 거울이 보여요.

왼쪽에는 변기가 있고, 오른쪽에는 욕조가 있어요.

뒤에는 무엇이 있을까요?

앗, 차가워! 비가 와요.

루치는 비를 피해 달아나려다 그만

우당탕하고 미끄러졌어요.

루치는 안전한 곳에 숨었어요.
'휴, 큰일 날 뻔했어. 나는 용감한 고양이지만
비가 올 때 뛰는 건 위험한 일이야.'

오 분이 지나고,
루치는 세면대 아래에서 빠져나와
엄마 고양이 품으로 돌아갔어요.

간식 먹을 시간이에요.

고양이 가족은 주스와 과자를 먹어요.

루치만 간식을 먹지 않아요.

왜냐하면, 루치는 혼자 '아이들 방'이라는 곳을

탐험하기로 했거든요.

높은 곳에 올라 아이들 방을 둘러보아요.

앞에는 이층 침대와 포스터, 책가방이 보여요.

왼쪽에는 책상이 있고, 오른쪽에는 장난감 상자가 있어요.

뒤에는 무엇이 있을까요?

우와, 신 난다!

루치는 기뻐하며 폴짝 뛰어들었다가 그만

때굴때굴 콩콩콩.

루치는 안전한 곳에 숨었어요.

'휴, 큰일 날 뻔했어. 나는 용감한 고양이지만

그렇게 위험한 물건은 처음 봤어.'

일 분이 지나고,

루치는 장난감 상자 속에서 빠져나와

엄마 고양이 품으로 돌아갔어요.

해가 질 시간이에요.

고양이 가족은 저녁 식사를 기다려요.

하지만 루치는 저녁을 먹기 전에 해야 할 일이 있어요.

루치는 드디어

'**마당**'이라는 곳을 탐험하기로 했거든요.

루치는

살금살금 현관문을 지나서

마당으로 나갔어요!

마당에는 **꽃밭**이 있어요.

높은 곳에 올라
꽃밭을 내려다보아요.
앞에는 예쁜 꽃과 화분이 보여요.
뒤에는 무엇이 있을까요?

야옹!
고양이 살려!

빨리빨리!

우물쭈물할 시간이 없어요.

루치는 **쏜살같이** 달려서

엄마 고양이 품으로

돌아갔어요.

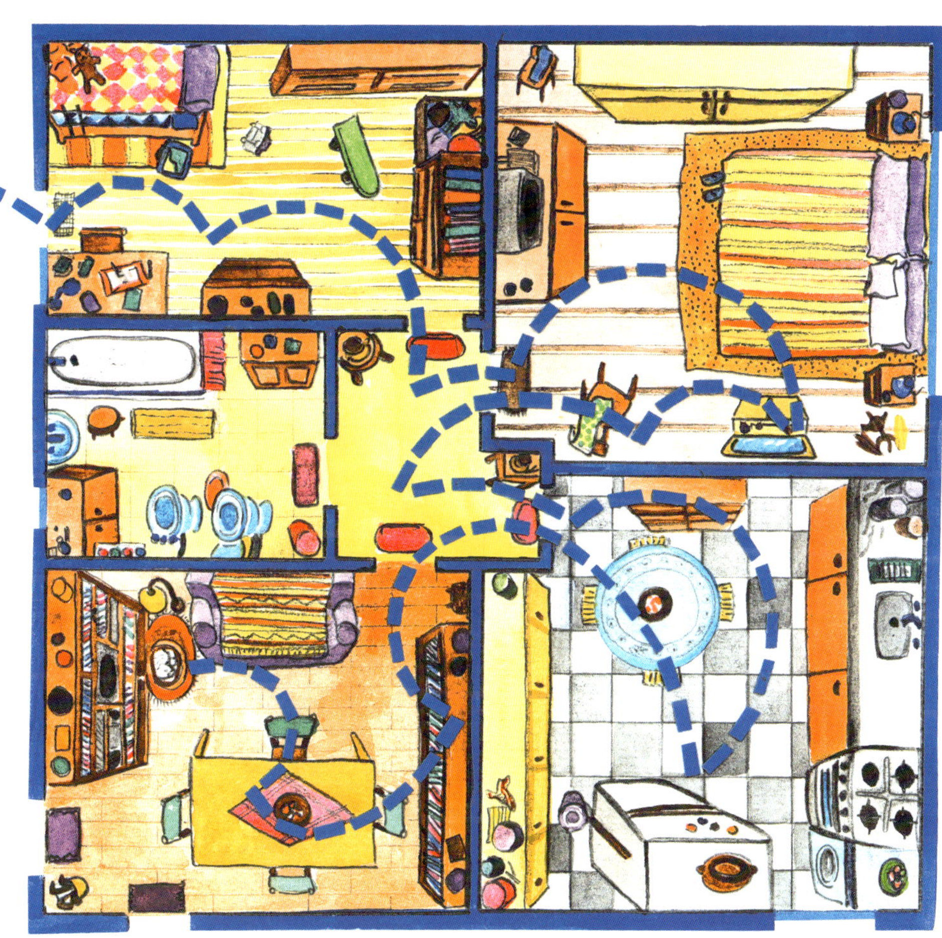

캄캄한 밤이 되었어요.

한 여자아이가 가족들과 둘러앉아 있어요.

고양이 가족과 한집에서 사는 사람들이지요.

여자아이의 품에 안긴 채 루치는 주위를 둘러보아요.

앞에는 여자아이의 아빠와 동생이 보여요.

옆에는 여자아이의 엄마와 오빠가 있어요.

뒤에는 무엇이 있나요?

토닥토닥, 여자아이가

루치의 등을 다정하게 토닥여요.

루치는 꾸벅꾸벅 졸아요.

오늘은 무척이나 바쁜 하루였거든요.

밤 열두 시,

자정이에요.

다시 새로운 하루가 시작되었어요.

용감한 고양이 루치는
또 어떤 하루를 보내게 될까요?

우리 집에는 무엇이 있나요?

용감한 고양이 루치는 즐거운 하루를 보냈어요.

집 안 곳곳을 탐험하며 많은 걸 보았지요.

우리 친구들의 집에는 무엇이 있나요?

루치처럼 집 안 이곳저곳을 탐험해 보세요.

그리고 어디에 무엇이 있는지

가족과 함께 이야기해 보세요.

※ 우리 집에는 어떤 사물이 있나요? 집 안을 둘러보고 빈칸을 채워 보세요.

우리 집 거실에는 _____________________________(이)가 있어요.

부엌에는 _____________________________(이)가 있어요.

화장실에는 _____________________________(이)가 있어요.

_____에는 _____________________________(이)가 있어요.

오늘 몇 시에 무엇을 했나요?

루치는 6시에 일어나 12시에 점심을 먹고 2시에 화장실에 갔어요.

우리 친구들은 오늘 하루 무얼 했나요?

기억에 남는 일 중 한 가지를 골라, 몇 시에 무엇을 했는지

시계에 바늘을 그리고 여러분의 이야기도 적어 보세요.

내 이름 ________

몇   시 ________

무엇을 했나요? ________________________

____